KB060327

철학창서 2

김경찬 시집

인의 가치

하늘은 날 내리고
땅은 날 품었으니
나는 이 은혜로운 곳에
해 아래 희망을 심어
세상을 덮게 하고
달 아래 행복을 심어
온 누리에 전하리라

한곡 김경찬

청어

철학창서 2

김경찬 지음

발 행 처 · 도서출판 청어
발 행 인 · 이영철
영　 업 · 이동호
홍　 보 · 이수빈
기　 획 · 천성래
편　 집 · 방세화
디 자 인 · 김희주
제작부장 · 공병한
인　 쇄 · 두리터

등　 록 · 1999년 5월 3일
(제321-3210002510019990000063호)

1판 1쇄 인쇄 · 2018년 8월 1일
1판 1쇄 발행 · 2018년 8월 10일

주소 · 서울특별시 서초구 효령로55길 45-8
대표전화 · 02-586-0477
팩시밀리 · 02-586-0478

홈페이지 · www.chungeobook.com
E-mail · ppi20@hanmail.net
ISBN · 979-11-5860-578-0 (04810)
　　　 979-11-5860-576-6 (세트)

이 도서의 국립중앙도서관 출판시도서목록(CIP)은 서지정보유통지원시스템 홈페이지
(http://seoji.nl.go.kr)와 국가자료공동목록시스템(http://www.nl.go.kr/kolisnet)
에서 이용하실 수 있습니다.(CIP제어번호: CIP2018021516)

철학창서 2

시인의 말

"내가 꽃이 되니 이웃은 꽃밭이 되네."

저자는 불행한 가정의 운명으로 6세 때부터 지금 현재까지 지옥 같은 인생길을 독립으로 살아왔다.

학력은 5~6개월이 전부이지만,

오로지 자연을 벗 삼아 자연의 도를 깨우쳤기에 여기까지 올 수 있었음을 자명하는 바이다.

그리하여 살아오는 동안에 겪었던

지옥과 천국, 불행과 행복, 자연과 인간관계 등의 모든 것을 총 망라 해서 이 『철학창서』로 풀어내고자 한다.

지옥과 천국은 양심과 행동으로 판가름 되며,

불행과 행복은 책임의 판단과 성실에 달려 있다.

"불행은 극복이고, 행복은 노력이다."

우리 사회는 너무나도 혼탁하고,

우리의 인생은 너무나 편안함과 즐거움만 추구하는 나머지 본래의 참모습을 잃어가고 있다.

따라서 저자는 자연 속에서 고통과 행복을 느끼게 되었고 아울러 익힌 것을 이웃사회에 알려지기를 바라기에 이 책을 펴내는 바이다.

『철학창서』는,

①인간관계(예의, 도덕, 윤리, 역사)

②자연관계(가치, 나눔, 공유)

③지역예찬(자연의 묘미, 교감)

④자연철학(천명, 지명, 교리)

⑤자연·인간법(주고받기, 질병, 건강, 재앙)

⑥자연의 구성(생김, 역할, 익힌 모습, 현 모습)

⑦학문과 가르침

⑧한곡의 역사

등으로 구성이 되어 있다.

특히, '한곡의 역사' 속에서는 오복(五福)이 소개되는데, 이 오복은 저자에게만 하늘에서
  천명(天命)으로 내려진 것으로 생각한다.
『철학창서』가 굽이굽이 휘돌아
  독자 여러분들의 메마른 가슴에 물 한잔이 되기를 바라는 마음으로 세상에 내놓는다.

BK연구소장 한곡 김경찬

차례

시인의 말 · 4

1 자연·인간법

2 자연의 구성

3 학문과 가르침

4 한곡의 역사

• • • • • • ?

! • • • • • •

1

자연·인간법

주고받기, 질병, 건강, 재앙

해와 달

닮아보자
인간의 마음과 능력이……
저 하늘의 태양처럼
저 하늘의 달처럼
해와 달은
세상 어둠 속에 밝음을 주고
언제나 변함없고 아낌없이
인간들에게 에너지를 내어주며
누구든지 어디에서든지
볼 수 있게 하는 것을……

먼저

약을 알기 전에
병을 알고
병을 알기 전에
건강을 알고
약을 구하려고 하기 전에
먼저 건강을 얻어라

선택의 길

자연을 닮아 자연을 익히고
자연을 응용하면
인간으로 풍요로운 삶을 살 것이나
과학의 문명으로 닮으면
사람으로 한평생 부족함과 질병에 시달리며
고통 받는 삶이 되면서
생김새까지도 이와 같은 모습으로 변할 것이다

받는 사랑

내가 하늘을 사랑하면
하늘이 날 사랑할 것이고
내가 산을 사랑하면
산이 날 사랑할 것이고
내가 물을 사랑하면
그 물이 날 사랑할 것이고
내가 동물을 사랑하면
동물이 날 사랑할 것이고
내가 힘닿는 곳까지
큰 사랑을 나누고 싶다

육식과 채식

고기를 좋아하는 사람과
채소를 좋아하는 사람이 있는데
고기를 좋아하는 사람은
고기를 양껏 먹고
채소를 좋아하는 사람은
채소를 양껏 먹고
방귀를 뀌었는데
채소 먹는 자의 방귀는 자연의 향으로 느껴지는데
고기를 먹은 자의 방귀가 어찌나 썩은 냄새가
많이도 나던지……
쯔쯔……
이것은 유욕과 무욕의 차이이니라

주는 사랑

사람만 사랑을 나누고
사랑을 하는 것이 아니고
자연도 사랑을 나누고
사랑을 하더라
사랑이란
사랑을 하는 것이 아니고
나누는 것이 아닐런지……

지킴

자연은
축내는 것이 아니라
보존하는 것이다
자연을
네가 만들지 않았고 기르지 않았으며
심지도 않았기에
자연은
네 손으로 보는 것이 아니라
눈과 마음으로 보는 것이라네……

자연의 법

햇빛은
깨
우
고
빗물은
키
우
고
바람은
알
리
고
세월은 거둔다

우주의 법칙

성난
돌은
물이
잠재운다

될 때

사람은
살았을 때는
반 쓰레기요
죽어서는
온 쓰레기다

제일

최고
과학은
생명을
보존하는 것이다

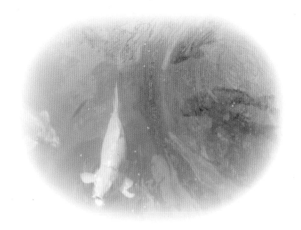

무능

자연은 인간을 돕건만
인간은 자연을 돕지 못하고
자연은 자연 일을 다 하건만
인간은 인간 일을 다 하지 못하네

곤충

곤충이 먹지 못할 것은
인간도 먹지 못하며

곤충이 살지 못하는 곳은
인간도 살지 못하느니라

인연

꽃이란
행복을 담는 그릇이니
행복을 주는 너는 꽃이었고
행복을 받는 이는 나비였다

심화

마음의 꽃이 메마르거든
눈물로 적셔라

살림

나라의 살림을 까먹는 것은
거미줄같이 엮여가는 도로이며
그 위에 하루살이 같은 자동차이고
집안에 살림을 까먹는 것은
TV가 있고 HP 냉장고이나
포장도로는 땅의 힘을 억누르고
자동차는 정신의 안전과 운동을 억제하고
TV는 마음의 허욕을 심고
HP는 깊은 예절을 차단하며
냉장고는 자연의 만남을 끊는다

삼 포박

시간의 포박
싫든 좋든 끌려갔다 갇히고
끌려와서 갇혀야 하고

식반의 포박
싫든 좋든 먹고 싸고
벗고 싸야 하며

수면의 포박
아는 곳이든 모르는 곳이든
끌려가고 끌려오고 반복하니
삼 포박이 저승사자가 아닐런가

근본

열악한 조건도
꽃의 아름다움을 막지 못하건만
어찌하여 풍족한 조건에도
인의 아름다움은 피지 못하는가

허물

자연은 썩지 않고 깨끗한데
사람은 깨끗하게 씻어도 더러운 것은
자연은 죄의 때가 없음이고
사람은 죄의 때가 있음이 아닐런가

보존의 맛

쓰디쓴 맛을 볼수록
사람이 되며 건강도 된다

네 양심

마귀와 천사는
하늘에서 내려온 것이 아니라
마귀는 못된 썩은 양심에서
공장 돌리듯 생산이 되었고
천사는 고운 양심에서
박상 튀기듯이 생산되었다

공생

인간의 몸은 자연의 축소판이다
그래서 자연만이 사람을 구한다
자연 말고는 해결할 방법이 없느니라

자질

마귀가 먹는 음식을 먹으면
마귀가 될 것이고
천사가 먹는 음식을 먹으면
천사가 될 것이다
마귀의 음식이란
피가 들어 있는 음식이고
천사의 음식이란
피가 없는 음식이니라

삼재

저 야화 아래 웬 나방들이
저리 많고 클꼬
저 참새 주디 뭔 배가 그리 불러서
저리 찌질거릴꼬
입은 사람 입인데
혓바닥은 뱀 혓바닥 들어있네

골통

어리석은 자여
네 고집에 물(선?)하고 멀어져봤던들
네 목만 탈 뿐이니라

눈화장

저 산이 봄철 되니 꽃 앞세워
화장하고 나왔네
인생이나 자연이나
화장발 지워지고 나면 볼 것도 없는데
그 화장발 엔가이 좋아하소

네가 먹은 세월

너는 세월을 비벼먹고
설거지도 하지 않고 돌아다니나
네가 비벼먹은 세월의 그릇은
헹굼질 하고 가야지

인성

급하게 익은 것은 맛이 없다

하찮은 것

씨앗을 잘 보관하면
다음에 배불림을 얻는다

흉물

죄 많은 것은 냄새가 난다

● ● ● ● ● ?

! ● ● ● ● ● ●

2

자연의 구성

생김, 역할, 익힌 모습, 현 모습

꽃잎

당신의 입술을 보니 꽃잎을 닮았네요
그 입속에 혓바닥은 꽃술 같으니
당신의 입은 가히 꽃잎이다
그 입속에 머금고 있는 향을
불어가는 바람전에 내뱉으시오
온 누리에 향이 넘쳐나도록

민들레

내가 꽃이 되니
이웃은 꽃밭이 되네
꽃이란 본시 고향을 두지 않았으니
네가 꽃이 되거든
그 꽃처럼 고향을 두지 말게나

보존

본래의 모습이
가장 알기 쉽고,
알기 쉬운 것이
쓰기 쉽고,
쓰기 쉬운 것이
가장 크게 역할 한다

본

호박은 늙어서
약이 되고
고추는 늙어서
양념이 되고
나무는 늙어서
재목이 되는데
인간은 늙어서
신선이 되어라

소리

닭의 울음소리는 날을 밝히고
소의 울음소리는 풍년을 일으키고
물소리는 생명을 주며
바람소리는 격려의 노래라네
하지만~
천둥소리는 사람을 가리켜
나무라지 않는지……
인간이 내어놓은 큰소리 뒤에는
자연을 축내는 것과 살생만 남더라

절대

네가 타고난 능력이
아무리 크다고 하나
낮의 시간을 가지면
낮 시간만 가질 수 있고
밤의 시간을 가지면
밤 시간만 가질 수 있으나
낮과 밤을
같이 가질 수는 없느니라

신의 소리

세상에서 가장 아름다운 소리는
속이 비워진 곳에서 나온다
가야금은 오동나무로서 속이 빈 나무이며
심신이 지쳐있는 서민들의 흥을 돋아
용기를 주며 슬픈 마음을 달래 주었고,
대금은 속이 빈 대나무로서
선비의 곧은 정신을 돋우며
임 그리는 마음을 대신 하였고,
북은 생명과 알갱이를 식용으로
인간에게 내어준 희생한 소의 껍질로서,
희생의 대가가 큰 만큼 큰소리를 낼 수 있게 하였고,
그 외 인간의 마음을 모으고 힘을 모아
지내오는 지금까지 희생과 속을 비운 데에서
나오는 소리라야 아름다운 소리라고 할 수 있다
우리 인생도 그와 같기를

철

흙은 수많은 생명을 키우는
험한 일을 하고도 불평 한마디 없고
나무는 자신을 잘리고도 오늘날까지
희생을 해 오면서도 불평 한마디 없고
물은 아무리 썩은 곳에서 일을 해도
더럽다고 불평 한마디 없고
대자연은 태초부터 오늘날까지
모든 것을 다 내어 주고도
말 한마디 없네
하지만
우리네 인생은 적은 것 하나로
크게 불만을 내어 놓네
우리네 인생들은
돌에서 꽃필 때 쯤
철이 들 것인가?

7색·7맛

●맛이란?
영양이고 힘이고 백년의 약이다.

●7색은?
①녹색은 급상승하는 것을 안정시키고,
  생동감을 넣어준다.
② 빨간색은 힘을 급상승시켜 활동력을 키운다.
③검은색은 뿌리를 내려 힘을 강하게 한다.
④노란색은 충동을 일으켜 심신을 이동시켜준다.
⑤흰색은 모든 것을 쉬게 하고,
  성장하게 하며 재추진 시킨다.
⑥보라색은 사교성과 발달성을 높인다.
⑦청색은 정신과 마음과 육신을 편안하게 한다.

●7맛은?
①쓴맛: 소화를 높이고, 유전자를 보호하고,
       적군을 퇴출하는 데에 있어, 아군과 구분치
       못하게 혼돈의 역할을 한다.
②단맛: 피를 맑게 해서 혈액순환을 높이고,
       피로를 풀게 한다.
③짠맛: 체내의 모든 것을 썩지 않게 하고,
       침투력을 강화시킨다.

④매운맛: 체온을 상승하게 하고, 각종 세균을
　　　　억제하고 추진력을 증가시킨다.
⑤신맛: 소화력을 높이고, 이뇨작용을 도우며
　　　퇴출력이 있다.
　　　침투력과 추진력을 증가시킨다.
⑥고소한맛: 체내 모든 것을 부드럽게 하고,
　　　　　퇴출력이 있으며, 아군을 결집시켜
　　　　　힘의 강화를 돕는다.
⑦떫은맛: 근육조직과 뼈의 강도를 높이고,
　　　　각종 세균과 대장균에게 방어 작용을
　　　　하며, 염증 수치를 낮춘다.

●7색은?
　인간 육체의 염색체에 준한다.
　이것은 자연에서는 닮은 것은 닮은 것끼리
　공생하므로 색깔, 성격, 성분, 모양은 병리학적,
　물리학적 기초이다.

●7맛은?
　인간의 체내에 길들여진 맛의 성격이다.

개흙 속 진주

옥도 구르면
흠집이 생기는 법
인간이 험한 길을 걸어왔는데
어찌 흠 없다 하리오
하지만~
험한 길을 걸어온 것은
육신이었고
내 마음은
땅을 밟지 않았으므로
흠 없다 할래요

사계절

봄에 핀 꽃은 시작을 알리고
여름에 핀 꽃은 풍요를 알리고
가을에 핀 꽃은 준비를 알리고
겨울에 핀 꽃은 꿈을 알린다

등불

저 하늘의 별은
우주를 밝히고
저 하늘의 태양은
낮을 밝히고
저 하늘의 달은
밤을 밝히니
인간의 양심등불은
세상을 밝힌다

맡은 역할

저 해가 떠있어야 할
이유가 있느냐?
저 달이 떠있어야 할
이유가 있느냐?
저 별들이 떠있어야 할
이유가 있느냐?
저 사람이 잘났다 못났다가 무엇이냐?
저 사람이 있는 자가 없는 자가 무엇이냐?
이 지구 속에 인생사는 그 역할일 뿐
기쁨으로도 슬픔으로도 소용없느니라
오직 맡은 역할을 할 뿐일세

냉철한 자연법

자연법은
바뀌는 것을 허락하지 않는다
음달에 나무 한그루
양달에 나무 한그루 있는데
음달에 사는 나무는
겨울에 너무 춥고
양달에 사는 나무는 따뜻한데
서로의 위치를 바꾸지 않는다
이것이
자연의 법이자 자연의 이치이니라

자연의 가르침

산은~ 바람의 길이다
바닷물(심장)은~ 지구가 기울지 않도록
　수평을 유지시키는 역할을 한다
사막은~ (허파)숨쉬는 역할을 한다
바람은~ 공기를 순환, 기온을 유지 시키고
　식물을 성장 시키는 역할을 한다
모양과 색깔은~ 자연의 기호 문자이다

역할

굼벵이는
느리지만
한평생을 마치는데
그 느림이
지장 없다 하더라

갈대

부는 바람에도 힘이 없어
허리 휘청거리는 저 갈대
새가 앉으니 허리는 더욱
휘청거리네
저 달빛 젖은 밤은 추워서
개개비가 내 잎손을 물어 당기니
허리는 더욱 숙여져
몸을 따수워주는 저 햇살을
그리워하며
지는 해를 온 잎으로
가지 말라 손짓하네

빛

반딧불은
갇혀서도
빛을 낸다

씨앗

내가
가진 씨앗은
적지만
해가 가고
달이 가면
세상을 덮으리라

계란 달

구름 위에 뜬 달은 옷을 입은 달이고
맑은 하늘에 뜬 달은 옷을 벗은 달이네
달은 옷을 벗어도 부끄럽지 않으나
사람은 옷을 벗으면 부끄러워하지
달이 흰 옷을 입을 때는
양떼구름 몰 때 입는 옷이며
달이 검은 옷을 입을 때는
검은 구름 몰아 비 내릴 때
입는 옷인가
바가지에 담긴 백 달은
보약 같아 마셔지고
달무리에 누런 달은
계란인양 술 마시게 하는구나

하얀 밤

하얀 눈 내려 때 없는 세상
소낙 눈 내려 땅과 하늘
따로 없고
흰빛에 어두움 가려
낮과 밤 구분 없네
검은 구름 비 내리는 소리 나고
흰 구름은 눈 내리는 소리 나지 않지
사람이 남긴 자연 속 오점
하얀 눈 덮어 청결한
하얀 세상 눈부시네

나무 1

겨울나무
앙상한 모습
이 마음 춥게 하고

봄나무
새싹 내밀어 웃는 모습
이 마음 꿈 피게 하며

여름나무
춤추고 노래하는 모습
이 마음 고달픔 쉬게 하며
즐거움 주고

가을나무
무지개 옷 입은 모습
이 마음 평생 볼 고운 색
다 들어있네

나무 2

눈과 입은
변덕스러워도
손과 발은
변덕스럽지 않다

낮눈 밤눈

파란 창에 붉은 초점은
천의 낮눈이요
파란 창에 흰 초점은
천의 밤눈이요
인간의 잘못으로
어진 천의 두 눈을 무서운
눈이 되게 하지 마라

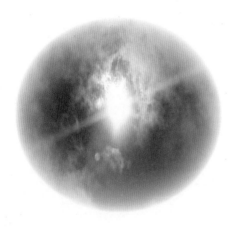

정도

소는
풀 욕심은 있어도
나무 욕심은 내지 않는다

대복

뇌는 판단할 수 있어 복이고
눈은 보고 선택할 수 있어 복이고
귀는 좋은 소리를 들을 수 있어 복이고
입은 맛을 보고 말할 수 있어 복이고
손은 무엇이든 할 수 있어 복이고
다리는 어디든 갈 수 있어 복이고
이런 복을 받은 자가
나는 복이 없다 말하겠는가
이런 복은 대복이다

빈 각

작은 각 속에
콩나물 같이 흰 몸매에
붉고 검은 머리 올망졸망 똑똑해라
비좁아도 불평 없이 기다리다
누군가의 선택을 받아
자신이 타야 할 일임에도 미룸 없이
추위에 떠는 곳에
몸 데워라에 불씨의 재가 되고
배고픔엔
음식 익힘에 불씨의 재가 되며
어두움엔 밝음의 불씨의 재가 되어
하나둘씩 희생되어 나가더니
각은 텅 비워져 버려지나
남을 위해 내어 줄 것 이외
담길 것이 없네

주고

구두가 가는 곳에
고무신은 갈 수 있지만
고무신이 가는 곳엔
구두는 갈 수 없다

세월

나무는 세월이 가면
앉은 자리가 커지는데
인간은 세월이 가면
앉은 자리가 적어지고
나무는 세월이 가면
찾는 이가 많은데
인간은 세월이 가면
찾는 이가 적어지고
나무는 세월이 갈수록
쓸모가 커지는데
인간은 세월이 갈수록
쓸모가 적어진다

능력

눈은 못 가져와도
손은 가져온다

꽃꽂이

꽃이 없는 예식 없고
꽃이 없는 개업 없고
꽃이 없는 장례 없다

보존법

씨가
계절을 모르면
번식을 못한다

진주

글 쓰는 손 진주 심고
글 보는 눈 진주 얻고
글 읽는 입 진주 뱉고
글 먹는 마음 빛을 낸다

경험

새가 먹이 구분을 어떻게
하는 고 하니
이것도 쫓고 저것도 쫓아보고
그 뒤 구분 되었더라

순수

학은
자랑을 안 해도 학이고
범은
울음을 안 내도 범이다

몽당연필

나는 몽당연필이어라
세상사 고달픈 나의 육신
인생사 멍이 든 나의 마음
체면은 깎이고 깎여 낮아지고
자존심은 타고 타서
검은 심은 몽당연필 되어
바른 글 한 자에 내 모습을 남겼다

선행

두레박이 울어야
타는 목을 적신다

만남

장미는 가시에 긁혀 살이 떨어져도
그 아름다움은 가치가 있었다

밤은 가시에 찔려 살이 곪아도
그 맛은 가치가 있었다

아카시아는 가시에 독이 있었어도
그 향기만은 가치가 있었고

아름다움을 피워 귀한 눈길을 맞추기 위해
덤불 아래 갇혀 오래 기다리게 한 난은
그 자체가 가치가 있었다

약재력

봄에 움은 재생력이고
여에 몸통은 퇴출력이며
가에 근은 면역력이고
겨에 삼위일체는 항균 항생력이다
자연은 닮은 것끼리 공생하나
사색은 중요력이나
삼색은 보조력이다
칠색과 칠맛은 인의 생명의 시작과 끝이다

아쟁이 곡

임이 님을 연모하다 뜻을 이루지 못해
해를 붙잡고 슬퍼하고
달을 붙잡고 눈물 흘리다
가슴 깊이 파이고 파묻혀도 알아주는 이 없어
한 속에 곡만 남기고 육은 세상을 떠나고
그 영혼 한에 묶여
님 찾아 떠돌다 한 푸는 아쟁이
손끝에 한 줄 한 줄 엮여 아쟁이 통곡에
님은 나인 줄 모르고 이 소리를 듣고 가슴 아파하면
나는 님인 줄 모르고 그 가슴에 품겨
아쟁이에 묶인 애달픈 한 통곡을 전하리

영향

두리뭉실 두리뭉실
저 해가 두리뭉실인가 아니야
그럼 저 달이 두리뭉실인가 아니지
세상사 두리뭉실한 것은
오직 물밖에 없구나

천신

해와 달은
천상의 눈이며

흙은
천상의 살이요

꽃은
천상의 양심이며

풍은
천상의 인심이다

가림 길

작은 꽃 한 송이도
하늘과 땅이 쓰였는데
어찌하여 미생물 하나 하찮게 보는가
그 눈이 적어 어리석고 어리석다

비의 길

땅 위에 내리는 빗방울
개체 수 헤아릴 수 없이 모인 물길
대강 소강 각기 다른 길로 흩어져 흐르나
결코 바다에서 하나가 되니
우리 인생 삶은 달라도
그 빗방울같이 역할을 다하라

바늘과 실

소나무 변치 않는 녹색 잎
송곳 같구나
인생 행동을 본보기로 삼고
동백나무 어려움 속에 핀 붉은 꽃은
루비 같구나
인생 양심을 본보기로 연이어
피어나길……

역할

사과는 꼭다리에 명이 걸려 있다
가장 볼품 없지만 가장 소중했다

준비

꽃은 벌레가 찾아오기를 바라는 마음에 아름다움을 더했다
인간의 중심의 꽃은 아니다
과실수는 과일을 빨리 따 주기를 바란다
김을 매주고 거름을 주는 것은 더 큰 것을 내어준다

본색

옥은 많은 세월이 흘러도
그 색이 변하질 않고
아무리 험한데 굴러 자신이 흠집이 나도
그 색은 흠집이 나지 않고
또한 자신이 깨어져도
자신의 색을 잃지 않는다

대신

걸레는 청결을 낳는다

명철학

보약이 아무리 좋아도
밥 대신 하지 않고
꿀맛이 아무리 좋아도
그 꿀로 반찬 대신 아니한다

쇠똥구리

인생사 힘들다고 여기서 후여 저기서는 투덜
여기서 찌뿌등 저기서 찌뿌등
하도 기가 막혀
여기 쇠똥구리 벌레 한 마리 소개할까 하네
소똥에 몸을 박고 꾸물텅 쪼물텅
소똥으로 경단을 만들어
여기저기 데굴데굴~ 굴리다
틈틈이 구멍을 파서 떨어뜨려 놓고
새끼도 살찌우고 자신도 배불리는데
소똥구리는 자연 속에 파수꾼이 아니던가
우리네 인간들은 누가 똥무덤에 몸을 박고
그와 같은 역할을 할 것이며
에라~ 없이 그 역할 못하니
부끄럽기도 하지만은
어찌 인간을 두고 지상의 파수꾼이라고
외치겠는가

니는?

곧은 나무는 기둥이 남고
굽은 나무는 재만 남네

개척 투자

터가 아무리 작아도
다이아몬드가 나는 곳이 있고
터가 아무리 커도
잡초만 나는 곳이 있다

큰 사람

큰 종과 작은 종의 차이는
그 울림에 있다

재목

내가
기둥이 되기 위해서는
살을 깎아야 한다

과시

비단공단이 아무리 많이 쌓여있어도
바늘이 들지 않으면 쓸모가 없으니!

아~주 쉽다

물은 흔코 만만하지만
감히 그 물이 되어보라면
골천번이 되고 싶어도
될 수 없느니라

분류

열매가 달리지 않는 나무는 잎이 무성하고
열매가 많이 달리는 나무는 잎이 무성치 않네
인심이 없는 자는 겉이 화려하고
인심이 많은 자는 겉이 화려하지 않더라

수양버들

낙동강 하류에 늘어진 수양버들
비가 오면 머리 감고
바람 불면 연 날리네
새라서 날려 하나
길게 길게 늘어진 저 가지
황새발도 아닐 찐데
걷고 싶어 늘어났나
세상 구경 가고 싶은 마음은
네 마음 내 마음 닮아있고
외로운 처지 같은 처지 도울 수 없지만은
버들강아지 꽃피워
바람 불 때 같이 가세

소나무

저 소나무
식구도 참 많구나!
봉학도 살다가고
달도 쉬었다 가는 저 소나무
백 년 가고 천 년 가도 변하지 않을세라
여름철은 학을 품고
겨울철은 달을 안아
그림 같은 아름다움 정말 부럽구나!
인간 손에 들어오면
집도 되고 불도 되는 정 많은 소나무
훗날, 저 소나무 찾아가면
내 자리 내어주고 이불도 되어 주려나

정사품 송

개천에 용 나듯 큰 소나무나
벼슬 얻어 해와 달 목걸이 하고

준엄한 자태로 서서 끝없이 흐르는 물
장수의 풍요를 내세우며

바람에 낙엽처럼 오고 가는 이들에게
긴 세월 지켜보고 또 숨길 일 없나
묻고 섰네

대나무 내력

대나무 높은 키 하늘을 가르치고
마디마디 빈 속은 삶을 가르치네
대나무 내력을 백년 천년 알아보니
대살 문 님 그림자 보고
대살 연 동서로 날며 애환을 전하였고
죽창은 왜놈이 알고 있네
대 피리소리 은빛 도포 애환을 토할 때
임은 대 바구니 봄소식 담아왔네
포고 총 과학을 튕기며 불속에 대포소리 간 큰이 없었네
대 회초리 교육정신 뿌리 들고
대 빗자루 가내 청결 밝혀주며
대 젓가락 천년 식복 잡아주니
대 통 천년 살림 모아왔네
대나무는 백년 황천길 종횡할 때
마디마디 빈 마음 하늘에 닿아도 부끄럽지 않으리

●●●●●●？

！●●●●●●

3

학문과 가르침

평생 간다

평생을 두고
생각 속에 큰 뜻을
이루고자 하는 자는
뜻이 이루어질 것이요
평생을 두고
생각 속에 큰 뜻을
이루지 못 한다고 하는 자는
작은 뜻도 이루지 못 할 것이다

내가

굶주린 자에게 양식이 될 수만 있다면
목마른 자에게 물이 될 수만 있다면
추위에 떠는 자에게 이불이 될 수만 있다면
병든 자에게 약이 될 수만 있다면
허물어져가는 곳에 기둥이 될 수만 있다면
어두운 곳에 빛이 될 수만 있다면
사라져 가는 저 자연을 맞을 수만 있다면
어떤 것에도 감사할 수 있다면
골백번 죽어 태어나도
가시밭길 지옥 길을 건너는 한이 있어도 여한이 없겠다

황금 씨

자연만 씨를 맺나
글도 씨를 맺는다

내일

바른길은
묻지 않는다

지식

눈으로 얻는 것은
얻는 것이 아니라
마음으로 얻어
입으로
두고 두고 나와야
얻는 것이다

철 먹어

과일도
철을 먹어야
맛이 있듯이

사람도
철을 먹어야
맛이 난다

미언 절

사람은
누구라도
쓴 것을 먹을
준비가 되어있지 않다

경험

맛을
모르거든
색이라도 알라

성공의 문

인간의
마음의 문을 열기가
은행의 금고 열기보다
더 어렵다

한곡 평론

교육은 양심이 지켜질 때
교육이라 말하고

법은 억울한 자가 없을 때
법이라 말하고

과학은 생명이 죽지 않고
평화로울 때
과학이라 말하라

한곡 걱정 1

꽃의 가장 큰 적은
겨울이 아니고
시들음이다

벌의 가장 큰 적은
겨울이 아니고
꽃이 없을 때이다

인간의 가장 큰 적은
겨울이 아니고
과학 그 자체이다

한곡의 걱정 2

내 눈이 살핌이 없는 것은
걱정이 안 되나
하늘이 살핌이 없는 것은
큰 걱정이며
내 목에 갈증은 걱정이 안 되나
자연의 갈증은 큰 걱정이며
내가 화가 나는 것은 걱정이 안 되나
자연이 화내는 것은 큰 걱정이며
내가 아둔한 것은 걱정이 안 되나
자연이 아둔한 것은 큰 걱정이며
내가 죽는 것은 걱정이 안 되나
자연이 죽는 것은 크나 큰 걱정일세

동물 모델

곰 콜라 선전하고
귀뚜라미 보일러 선전하며
호랑이 담요 선전하고
소 우유 선전하며
말과 무소는 차 선전하고
학 그릇 선전할 때
모델료 누가 받나
주지 않고 모았으면
자연 동물 생태에 환원하라

고행

솥도
눈물을 흘려야
밥을 익힌다

헌 돈

돈은
쓸수록 낮아지고
인심은
쓸수록 높아진다
돈은 약같이 쓰고
인심은 물같이 쓰라

양심 독

돈독은
약이 없다

경력

뜨거운
음식일지라도
적은 양을 떠서 먹으면
데이지 않는다

진보

육신의 풍요는
사치이나

정신의 풍요는
영광이다

요망

육신의 배부름은
하루의 힘이나

정신의 배부름은
백년의 힘이다

무관심

마음이
죽고 나면
얻을 것이 없다

짧고 길다

노는 백 년 하루이나
일하는 하루 백 년이네

산지식

글은
책에서 익히고

공부는
자연에서 익혀라

평균

쓰는 학문은
곶감이며

쓰지 않는 학문은
땡감이다

게으름

개
짖을 때 누워있다
도둑맞고 내다보네

공

부딪혀야 튀고
부딪혀야 높고
부딪혀야 멀리 가는 공처럼
인생사 성공을 위해 부딪혀보자

기도

염원이 깊으면
바위도 꽃이 핀다

정돈

육신의 삶보다
영혼의 삶이 더 어렵다

나비

내 고난이 없으면
남의 고행을 모르고

내 설움이 없으면
남의 슬픔도 모른다

꽃은 어디

사람의 욕심은
구름 위에 앉아서도
하늘을 넘본다

거울

진정한 양심은
남은 돌봐주지만
자신은 돌보지 않는다

자신 도

극복은 꽃길이나
좌절은 돌길이다

세상 논리 풀이

세상 논리는
복잡한 수학의 문제와 같은데
배움을 더하고도 오답만 쓰는구나
정답을 쓰려거든
양심을 구하고 행동을 구하면 된다

능청

제 발에 맞지 않는 신은
걸음을 걸어보면 안다

저 하늘

저 하늘은 가까이 있는 척
하면서도 멀고도 먼데
그 먼 것이 가까운 척~ 하네

~척 하는 저 하늘이
살아서는 답을 얻지 못하고
죽어서야 비록 그 답을 보네

비단잎

글을 배웠으되 뜻을 모르면
헛것을 배운 것이고
뜻을 알고 배웠으나
그 뜻에 행동이 따르지 않으면
뜻 또한 쓸모가 없느니라

돈

돈을 벌 때는
청춘의 대가를 생각하고
돈을 쓸 때는
사막의 물같이 써라
사막에서는
물 한 잔과 같이 써야 한다

그림

물감을 잘못 쓰면
아름다움보다는 더 추하느니라

안전

제 자리에 그냥 있으면 그뿐인데
자리를 옮겨서 탈이 나네

원하는 자

네가 귀한 존재를 찾느냐
자신은 귀한 존재가
되어 있지 않은 채
네가 귀한 존재를 찾기 전에
이미 귀한 존재가 되거라
귀한 존재는
이미 옆에 귀한 존재가
준비되어 있느니라

추

너의 입이 가볍거든 책을 달고
너의 마음이 가볍거든 붓을 달라

● ● ● ● ● ● ?

! ● ● ● ● ● ●

4

한곡의 역사

자연인의 철학자, 한곡은 말한다

내가 걸어온 발자취는 피눈물을 흘리면서 걸어왔고 내 인생은 지옥 같은 세월 속에 자연의 덕으로 죽지 않고 살아왔네.

자연의 법, 생명의 법, 가치의 법, 존속의 법에 있어서 자연법에서는 보존을, 생명법에서는 보호를, 가치법에서는 응용을, 존속법에서는 공생으로 깨우친 것을 보고 듣고 써보고 만지며 느끼고 익힌 것을 자연과 인류사회 두 관계를 창서에 뜻을 담고 건강과 재앙 되는 것을 모두 모아 말하고자 한다.

◎ 한글은 나의 도구이다.
　　한글에도 뜻이 있고
　　한글에도 맛이 있고
　　한글에도 멋이 있네.

◎ 자연
　　나의 책은 자연이요
　　나의 철학도 자연이요
　　나의 삶 자체도 자연이다.

◎ 한곡

　　자연을 통하여 내가 왔었고
　　자연을 통하여 많은 것을 배웠고
　　자연을 통하여 잘 살았고
　　자연을 통하여 나누다가
　　자연을 통하여 내가 가네.

　본인은 긴 세월동안 대자연에서 배우고 깨달은 것에, 자연법에서는 닮은 것은 닮은 것끼리 공생하는 것과, 응용 방법에서는 응용의 가치를 가지고 많은 이웃사회에 알렸는바, 고통 받는 환자분들께서 본인을 찾아와 개발된 천연물질을 사용하고 난 후, 완쾌된 사진자료와 감사의 자필확인서를 바탕으로 합법적인 의약을 탄생시키기 위해 갖은 애를 썼다.

　1차 언론에 알리기 위하여 모 방송국 K기자가 이 내용을 이틀 동안 취재해 갔으나, 언론에 알리지 아니하고 국민의 알권리를 숨긴 기자와 부도덕한 굴지의 제약사에 대하여 중요한 사건을 담은 각호에 자료를 2000년 1월 14일부터 2009년 3월 16일까지 10년을 걸쳐 백방으로 합법적인 의약이 되기 위함과, 제약사의 부도덕함을 파헤치기 위하여 사력을 다하였다.

　그러나 파헤치지 못하고 제도권 높은 담 밑에서 BK가 어둠 속으로 사라져 가는 막중한 사건이 개발자의 사명감 속에 한이 깊이 서린 것을 인류사회 정의 앞에 고발하고자 한다.

　본인이 개발한 것은 자연의 천연소재로 뱀에서 추출한

용액으로 된 신물질로서 현재 BK라는 이름이 붙어 있다.

BK란 무엇인가?

자연에서는 닮은 것은 닮은 것끼리 공생하며 이것을 깨닫고, 응용법을 개발하고 이 속에서 가치를 찾아낸 것이 BK이다.

BK는 어디에 쓰이는가?

자연에서는 토, 석, 수가 일체이고, 인간은 육, 골, 혈이 일체인데 인간은 혈만 문제가 없으면 건강에 문제가 없으므로 혈을 다스리는 물질로서 세계 최초로 탄생한 BK의 신물질이다.

BK 특징 및 영역

영역: 내부성 버거병, 외부성 버거병, 뇌경색, 심근경색, 간경화, 동맥경화, 재생능력, 퇴출능력, 항생항균작용, 악성피부질환, 기타 등

특징: 버거병(절단하지 않고 외과 시술 없이 완쾌시킴)

화상(3도 화상까지 통증 없고 흉터 없이 완쾌시킴)

본인은 2000년 1월 14일부터 D제약회사와 비밀유지 계약서를 체결하고 본인의 천연물질 BK 샘플(필름통으로 6통)을 넘겨주고 난 이후 D제약회사 연구소는 학술적인 기관과 각 부처의 유명 인사들을 방패삼아 등에 업고 본인을 배제하고,

배제된 이유는 천연물질은 의약으로서의 힘이 약하고, 버거병은 희귀병으로서 낫는다는 것에는 대단한 물질이지만은, 환자 수가 적어 돈이 안 되므로 특히 본사에서 투자를 하지 않거니와 또한 시설도 일, 이백억 드는 것도 아니고 수천억이 들어야 하며, 환자를 유치할 수 있는 병원도 없고, 한마디로 돈이 되지 않는 것은 회사 측에서 투자도 하지 않거니와 개발도 하지 않는다고 했다.

따라서 본인은 당시 그 자리에서 간곡히 버거병이라는 개념만 두지 말고 혈을 다스리는 물질로 크게 인식하여 버거병 치료제로 개발해 줄 것을 부탁하고 또한 이 물질은 뇌경색, 심근경색, 간경화, 동맥경화, 말초신경, 재생능력까지 효능이 있다고 말하면서 강력하게 주장을 펼쳤으나 한마디로 거절당했다. 당시 총무 S씨와 거제시 시청 위생계 계장인 K씨가 증인이다.

화상에는 연고제와 버거병(수족이 썩는 괴사병)에는 주사제를 개발하면 동맥경화, 심근경색, 뇌경색과 재생능력 등으로 갖가지 질환에 나누어서 쓰이는 의약으로 세계화로 발 뻗을 수 있다고 하였으나 본인이 배제된 가운데 이것을 역으로 부도덕한 D제약회사 측에서는 번번이 각 언론사를 통하여 자회사에서 개발한 것으로 보도를 하면서 세계화로 나아가고 있는 것으로 보고, 본인은 이것을 파헤칠 것에, BK에 관한 모든 자료가 뒷받침되고 있다.

그리고 인류사회가 BK의 모든 것을 인정하기가 어려울까봐 본인이 D제약회사측과 결렬된 이후 10년 동안 철저하게 준비한

경험된 자료와 1999년 당시 모 방송국에서 찾아와 BK천연물질을 쓰고 완쾌한 환자분들을 개별적으로 인터뷰 취재한 내용과 기자가 연결해준 D제약회사 연구소에서 K부장이 인정한 것과, 책임연구원 A계장이 BK천연물질을 가지고 내어놓은 동물실험의 형식적인 데이터와, 마지막 결산 내용에 D제약회사와 본인이 주고받았던 내용의 녹취록과, 처음에서 마지막 배제되는 그날까지 주고받은 회의록과 각종 근거자료가 인류사회에 정의가 본인이 내어놓은 각종 자료를 올바르게 파헤쳐보면 이해가 쉽게 될 것이다.

따라서 개발자인 김경찬은 범국민 앞에 호소한다.
국민의 알권리를 묵살하고, 국민이 건강할 권리를 파괴하고, 부도덕성으로 굴지의 제약회사가 이익에 급급해서 국민을 속이고, 젊음을 바쳐 한평생 의약을 개발해온 것을 도용함에 있어서, 국민 여러분께서 저에게 힘이 되어 부도덕함을 바로잡고 전 인류의 보건증진에 본인이 평생을 다할 수 있도록 길이 되어 주시기 바란다.

본인이 사력을 다하여 지금까지 준비된 파일자료 중에 D제약회사 측에서 거짓된 각 기사 자료를 본인이 직접 검토했으며, 특히 D제약회사 측에서 뱀 사육장을 건립한 것에 대해서는 여러분께서는 어떻게 생각하는가? 본인은 많은 의문점이 있다. 왜냐하면 본인의 자료 중에 사진자료와 자필 확인서와 천연물질이 추출되어 나온 원재료와 본인의 직업상 특징이 딱 들어맞기 때문이다.

아울러 본인은 청와대 두 대통령에게 탄원서를 올려 힘없는 민초의 한을 풀기 위해 D제약회사와 본인의 관계를 놓고 특별히 수사하여 진의를 밝혀 달라고 하였으나, 매번 민원인이 원하는 대로 이루어지지 않은 자료가 있고, 또한 그 회신에 보건복지부장관 답변서와 식약청장의 답변서가 자료로 남아 있고, 보사부 소관인 국회의원 K씨에게도 민원을 제기하여 D제약회사가 주장하는 산학협동에 대하여 거짓된 자료 중 일부를 가지고 있고, 이후 뼈를 깎고 심장이 멈추는 고통을 받으면서 본인이 눈물겨운 하루하루를 최선을 다하고 있지만, 번번이 실패만 하고 결과적으로 본인이 개발한 천연물질이 합법적으로 의약이 되기 위하여 국민 여러분의 힘이 의약으로 나갈 수 있도록 밀어 주시고 이끌어 주시기 바란다.

국민 한 분 한 분이 소중하므로 건강하시기를 염원 드리면서 민초의 한 맺힌 노력이 허사가 되지 않도록 힘이 되어 줄 것을 다시 한 번 간곡히 부탁드린다.

2009년 3월 17일 이후 하늘이 도와 이영돈 PD를 만나 채널A 방송국 〈이영돈 논리를 풀다〉에서 2시간 방영을 하였고, 또한 〈관찰카메라〉에서 20분에 걸쳐 소개를 한 바 있다.

다음 책에서는 자연에서 나온 BK는 BK1, BK2로 나뉘어져 인류가 앓고 있는 중증질환 불치병에 체험하여 어떻게 완치가 되는지를 적나라하게 다루어진 거짓 없는 자료를 전 인류 앞에 소개할 것이다.

가내에 건강과 행운이 넘쳐나는 삶이 되길 기원 드린다.

저자 한곡 김경찬

남도의 창

　저 서쪽 전라도에서는 명창의 인물들이 많은데(서편제) 이 남쪽 경상도에서는 명창의 인물들이 없어 아쉬워서 창서의 한곡(비)은 시 한 수를 집필하고 그 뜻이 너무 좋아 우리 서민들이 힘들고 지쳤을 때 이 시를 창으로 불러 서민들의 용기를 돋우고 흥을 돋울까 하고 남도의 명창이 나오길 바라면서 한곡(비)이 직접 불러 보는 창이다.

노배

어^서라 데리^라 어^서라 데리^라~
난생^처음 젓는 노배 청청바다에 띄워놓고
밀을 때는 좌측 가고 땡길 때는 우측 간다

우찌^이리 배가~ 내마음^대로 아니^가고
삐뚤^삐뚤 비틀^비틀 지 마음^대로 나가는^고

그런 일로 한참 세월 흐른 뒤^에~
물을 차고 어서^라 물을 안고 데리^라~

어흐~ 이제배가~ 쪽^~바로 가는구나
삐걱삐걱 철썩철썩 삐걱철썩 삐걱철썩
이대로 쪽^바로 간다면은 좋을^시고~

내 님이~ 기다리는 저곳까지 걱정^없이 닿겠구^나~
저~곳에 당도하여 날 기다리는 임과 같이
얼^싸안고 뒹굴어보자 원^없이 안아보자

어서^가자 어^서라~ 바삐가자 데리^라~
어^서라~ 데^리라~ 어서^라~ 데리^라~

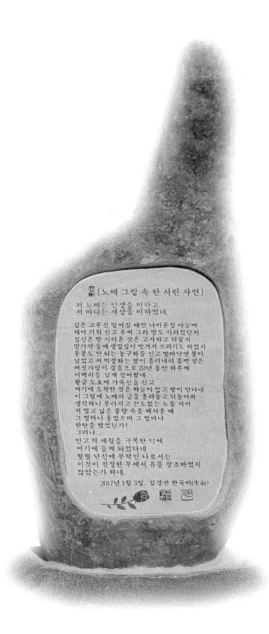

부모 잃은 낙도

엄마의 신앙 탓에
멀고 먼 타향에 남의 집 담벼락 밑에 두 형제 세워놓고
형님은 오 원 주고 나는 삼 원 줬네
세 밤 자고 다시 올게 말 한마디 남겨놓고
엄마 실은 저 배는 목을 놓아 불러봐도
대답 없이 멀리멀리 떠나갔네
종찬이는 갈개가고
경찬이는 도장개 홀로 남아
한밤 자고 세 밤 자고 온다 하던 엄마는 오지 않고
눈물밥 먹으면서 한 달 두 달 날 지나고
오 년 세월 흘러갔네
추석 설날 명절에도 형님 생각 못 잊어서
당 숲 고개 넘다 욕 듣고 매 맞아서 잊지 못할 그 고개,
갈개고개
엄마 품이 생각나면 소먹일 때 젖 만져
엄마 품 대신했고
아버지 보고 싶어 동네어른 앞에 서서
이유 없이 인사로 보고픔 대신하고
친구들이 보고프면 염소 보며 친구 얼굴 대신했네
내 또래 친구들은 매일 좋은 학교 가서

선생님 지도 앞에 책도 읽고 글도 쓰네
나는 언제 공부 배워 이름도 써보고 편지도 써서
고향소식 들어보누
오늘도 해가 지니 부모형제 보고픔이 죽도록 떠오르네
고된 일 마쳐놓고 잠시 짬이 나면
시리대 포구 총 보리피리 만들어 장난감 대신하고
동백나무 걸타고 앉아
동백잎가지 동백 공가지 따서 간식했네
보리흉년 허기질 때 무강 죽 먹기가 죽기보다 싫었는데
논도 없는 이 쪽 밭 골에는 너도나도 풀베기도 힘들었소
오뉴월 덥디 더운 밤은 모기등살 무서워서
모케 불 피워놓고 쪽방에 누워 더위에 잠 못 들어
찬바람 불러 봐도 찬바람은 대답 없고 모기만 대답하네
먹을거리 없으면서 이까지 뜯어대니 그 괴로움 두 배였네
동지섣달 다가오면 땔감걱정 되던 시절
더덕더덕 깁은 쑥떡배 옷 내의 없이 걸쳐 입고
양말 없이 짚털메기 신어 손 발등은 까마귀사촌 같고
냉바람 칼바람 헤쳐 가며
허기진 배로 장작감 모장가리 끌티기
금 캐듯이 두 짐 하면

구망산 해 떨어지고 돈이 궁해 추운 겨울밤
이집 저집 할 것 없이 생 빼떼기 썰이는 소리
날이 새도록 요란했네
궁한 살림 지칠 때쯤 소를 파니 끌려가는 소는
날 부르듯 울어대고
나는 정들었던 형제가 헤어지듯 아픈 서러움에
원 없이 울었다오
허전하고 괴로울 땐 빗물에 몸 씻고 바람에 머리 빗고
천연 숲에 다가서면 새들은 관중되어 동백 숲 무대 되니
나는 부자가 된 듯이 흥이 나서
지게목발 뚜들기며 너 거는 다 내 것이다,
너 거는 다 내 친구다 소리소리 지르면서
오늘 같이 좋은 날은 오래오래 기억하고
자주자주 만나서
네 서러움 나 주고
내 서러움 땅에 묻자
나의 서러움 그 땅에 묻혀있어
눈 감으면 잊힐까 눈뜨면 잊어질까
그때 그곳에 우리 형제 옳은 정도 못 나누고
저 바다에 형님 묻어
못다 이룬 꿈 대신 한이 맺힌 곳이라네

재생원

60년대 힘없던 소년시절 부모 보호 없는 탓에
질긴 것이 생명이라 죽지 못해
비가 오면 지하도에, 좋은 날은 육교에서
앵벌이로 살아가며
통행금지 있던 그때 낮이나 밤이나 이곳저곳에 숨었다가
해가 지면 고픈 배는 꿀꿀이로 대신하고
추운 몸은 포장마차 기다렸다가 꺼져가는 연탄불에
몸 한번 녹이려다 쏟아지는 잿부람에
머리칼 끄슬리고 고사리 손도 끄슬렸네
방범소리 겁이 나서 꽁꽁 얼은 가마니 이불 삼아
하수구에 들어가니 바닥은 얼어서
눕기는 되었으나 냄새는 지독했네
이불 삼은 가마니는 내 체온 뺏아가서
술 취한 듯 내려앉네
매일 매일 하던 중에 운 사나운 날이 되면
맞는 횟수 늘어나네
그러던 어느 날에 사자 같은 낯선 이에
죄도 없이 끌려가며 살려주소! 도와주소! 소리소리 쳤건만
어느 누가 쳐다볼까 말 한마디 건네줄까
지옥 같은 1년 반을 지내면서 짐승 이하 취급받고

이층칼잠 자다가도 기상하면

일어나서 밥 먹듯이 매를 맞고

강제노역 일 나가면

얼음 밟고 내 발 보며 걸었는데 해가 저서

나올 때는 걷는 건지 서있는 건지 구분하지 못하다가

몽둥이에 열을 받아 내 몸 녹여 나왔다네

돼지밥통 치우다가 뼉당구는 칼슘 얻고

마늘 파는 특미가 따로 없네

영양실조 걸린 아동 벌레 먹고 풀 먹다가

맞아 죽고 병들어 죽고 곯아죽네

"오늘도 취사장에 돼지를 잡건만은 왕고기는 누가 먹고

국물만 주나 왕고기 백시라이 생각지도 않건만은

꽁시라이 찬밥이나 많이 줍소서"

지옥 같은 목마름에

신평 쓰레기 매립장 썩은 물 많이도 먹었건만

죽기를 원했는데

찔긴 것이 생명이라 죽지도 못했네

일복(감물리)

삼십여 년 세월 전에
가난에 허덕이며 이곳에 왔다가
머리에 의관 쓰고
붉은 관복 띠 두르고 앉은 모습에
비슬 같이 써 내린 글에
고명한 정승님 책 속에 보았으나
같이 있지 못한 것이
긴 세월 한이 되어
이곳에 다시 찾아와
대 밭 숲 쳐다보며
그때
천에서 내려준 복이었건만
복인 줄 모른 자신 부끄러워
감물리 맑은 저 물에 이 몸을 던져서
못난 때를 씻고 싶소

이복(갈천)

어려운 생계에 쫓겨 갈천에 와
독메 속 일할 때
소나무 밑뿌리에 눌려져서
오랫동안 날지 못한 청학 한 마리
백학 두 마리 고운 자색이었으나
긴 세월 갇힌 탓에 거미줄 같은 병이 든 채
반갑게 맞이했네
가만 가만 디다보고 이래볼까 저래볼까
뿌리만 잘랐으면 살 수 있었건만
가난에 눈이 밝아 금도 쇠도
여의주도 석돌같이 보여져서
그때는 그랬는데
삼십여 년 지난 이 날
천상의 보살핌인줄 깨달아
흔적이나 있나 싶어 그곳에 다시가
아물 삼삼 찾지 못하고
들어가는 걸음은 산보기 부끄러웠고
내려올 땐 하늘보기 민망했네

삼복(화양)

화양 산기슭
어느 한 도공장인
긴 세월 멍든 꿈을 손끝에 혼색을 담아 검은머리
백발 되어 청녹새 한두 마리 빚어놓고
멍든 꿈에 꽃도 한 번 피어보지 못하고
혜성처럼 떠나간 뒤
주인 잃은 청녹새는 어둠속에 갇혀서
수백 년을 보내다가
눈물겨운 인연으로 둘은 만났으나
색이 다른 탓에 뜻을 알지 못하고
청녹새는 날아가고 홀로 남게 되어
모진 세월 삼십여 년 따라온 지금
객점에서 주고받는 언행 속에
청녹새의 놀던 자리 그 장인의 애달픈 사연 알게 되어
심장은 화산 되고 마음은 병을 얻어
얼음같이 굳은 몸 피 눈물로 전하리요
죽음으로 전하리요
그 장인의 혼불이 담긴 청녹새를 지켜주지 못한 것이
이토록 깊은 병이 될 줄 진정 몰랐으나
청룡이 알고 황룡은 알진데
이 애달픈 사연을 누구에게 말하리요
어느 누가 알리요

사복(BK)

친구의 부친 동맥경화 탓에
수족이 썩는 버거씨병
의약문명 어두운 시절
술로 약 대신하고
소독자리 구더기 대신할 때
두 눈 뜨고 못 볼세라
병원은 뭐하고 약은 어디에 쓰누
자유 시간 찾아오면
저 병 고치는 약 만들어
병 고쳐야지 마음먹고
오랜 세월
만 산을 수영하듯 누비며
피 살고 피부 사는 약 만들어
유명방송 기자만나 인터뷰 확인 후에
방영은 뒤로하고
굴지의 제약사 소개받아 제휴를 맺었으나
양심은 어디가고 학술론
약사법만 내세우나
애꿎은 이웃사회
잘린 수족 태산 같고

병든 가족 재산은 물이 되어 흘러가고
생명유전 내세우며 자연을 외면하니
국력은 떨어지고 자연이 죽어가네

오복(철학창서)

캄캄한 밤 별이 떨어져
가시밭에 꽃피워
자연의 힘을 먹고 잘 익은 것이
글새가 되어
입에 물고 발에 차고
저 세상밖에 높이 날아
멋진 자태로 날개 펼쳐다오
네가 갇히면 청룡은 비 내리지 못하고
청녹새 백학새 넋을 달랠 길 없어
마지막 오복새 떨어져 죽게 되면
해가 뜬들 빛이 보일까
달이 뜬들 밝을까 하네

천상의 선몽 1

1976년도 어느 날 밤부터 크고 깊은 산 치달에
홀로 길 걸을 때 붉은 도폭 흰 도폭 입은 선비나 신령
같은 고귀한 분들 보며
오래된 기와집에 고 서책과 그림을 보면서
내가 왜 이런 산기슭에 와서 삿갓 쓴 고명한 분과
오래된 크고 작은 기와집들하며
산 치달에 황금빛 가을걷이 하는
모습들의 선몽을 몇 차례 꾸었을까
진정 몰랐던 것이 감물리 일복이었다

천상의 선몽 2

1982년도 어느 날 밤부터 낯선 부락이나 꿈속에서
잘 아는 곳으로 큰 들을 낀 아담한 경치 좋은 부락에
들어서는 입구 좌측 편에 놓여진
큰 두 아름 되는 질 좋은 석 기둥
하나가 끝이 가물가물 할 정도의
하늘 높이 솟아 있는데,
그 끝에 요강 크기의 빛을 내는
파란 구슬이 놓여 있는 것을
수많은 사람들이 오르지 못하고 쳐다보고 있을 때
본인은 날아오르듯이 석 기둥 끝에 놓여진
파란 구슬을 가져내려오는 꿈을
세 차례나 선몽을 꾸고도 몰랐던 것이
창원 북면 갈천리에 이복이었다

천상의 선몽 3

1988년도 어느 날 밤부터 산림이 꽉 찬
크고 작은 낯선 산 치달에 길을 걸으며 구경할 때
누런 소떼와 흑염소 떼가 보이며
푸른 계곡에 맑은 물과 낯선 사람들 스치면서
또다시 파란 구슬을 세 차례나 가져온
그 마을에 도착하여 예전과 같이 석 기둥에
하늘높이 치솟은 저 끝을 바라보며
많은 사람들이 손짓하며 오르지 못하고 떠들고 있을 때
본인은 이날 밤 꿈에서도 날으듯이
품에 안고 내려왔다
이때에도 이 꿈이 천상의 선몽인 줄 몰랐던 것이
청도 화양의 삼복이었다

천상의 선몽 4

묘한 꿈들을 꾸는데, 그 중 큰 바다를 감싸고 있는
낮은 산, 들, 중 큰 산 계곡에 6m 폭에 5백m의 거리가
바다와 연결되어 있는데
들물 때 크기가 1m와 50~60짜리 참돔과 숭어, 광어,
다양한 A급 어종이
등지느러미를 낸 채 앞 다투어 가파른 산 오르막까지
수로에 따라 올라와 내려가지 못한 것을
본인이 수단을 다하여
엄청난 양을 잡는 꿈을 여러 차례
또한, 산 중턱에 서서 저 아래 논바닥에
웅덩이 속에 낚시를 하여도 책상 크기의
광어와 감성돔이 낚싯대가 휘도록 낚이고,
또한 특별한 꿈을 꾼 것은 1999년 9월쯤에
태평양 바다 전체가 부글부글
국이 되어 끓고 있는 것을 보고
맛을 보니 육개장이나 소고기국이었다
와아~ 이 많은 국을 세상 사람들이 다 먹어도
줄지 않겠다
이 꿈은 2000년 2월에 버거씨병 치료제를
본인이 개발한 것을
D제약연구소에 도용당한 천상의 선몽 사복이었다

천상에서 내려준 깨우침과 자연의 섭리 5

2000년부터 2010년 1월 현재까지 자연에서 깨우친
섭리의 생명법, 가치의 법과, 지혜의 철학과, 시와,
명언을 본인의 수필 등을 집필하면서
과거 수십 년 지옥 길을 헤쳐 나올 때
특별한 것인 줄 몰랐던 것을 뼛속에 사무치도록
피눈물 나는 일들에 있어서 많은 꿈 꾼 것에 해석하며
글을 남기는 것은 천상의 하명 받은 특별한 것을
몰랐던 것과,
글새의 마지막 오복을 정한 것에
순차별 이해를 구하는데 목적을 둔 글임을 알린다
이 모든 것은 글로써 알려지지만 거짓 없는 사실이고
한곡이 걸어온 역사와 하느님의 특별한 보살핌과
자연의 섭리 철학이 헛되지 않고
인류와 자연이 같이 행복하고 천상에 오를 때까지
무난하기를 바란다

김경찬: 한곡(비)

본인이 처음 태어날 때
꿈같은 곳에서 별을 타고 내려 왔고
2010년까지 오는 동안 꿈속에서
보아온 일들 중
크고 깊은 산골에 고명한 정승님과 신령님,
적송이 빽빽이 나 있는 치달에
집채보다 큰 바위와 바위 틈 사이에
눈은 공만 하고 붉은 뿔이 5~6m에
비늘이 접시 크기에 몸 둘레는 드럼통 크기에
머리 크기는 황소 크기에
길이는 20m에
색은 청푸른 색을 띤
청룡을 비슷한 곳에서 만지며
용을 타고 하늘 높이 오르는 장면을
여러 차례 꿈을 꾸었고
파란 구슬 4번 가져 내려오는 꿈
오래된 크고 큰 기와집과 끝도 보이지 않는
큰 산에 오르는 꿈, 걷는 꿈
바다에 큰 고기가 산 깊이 오르막까지 역류하는 꿈
들녘에 끝도 없는 넓은 황금물결의 나락들, 추수의 꿈들

바다가 육개장 국이 되어 끓는 꿈
산에서 검은 말들을 만나는 꿈
염소 떼와 황소 떼를 수 없이 많이 보는 꿈들
예수님을 3차례 만나는 꿈
김영삼 대통령 내외분이 본인의 집에 방문하는 꿈과
노무현 대통령 내외 만나는 꿈 등등이
일반인들의 꿈들과는 사뭇 다른
특별한 꿈들을 꾸며 살아왔다

인생의 가치

내 인생은 백년 속에 죽어도
내 업적은 만년 속에 살리라

닭

내 인생 지옥길에
육은 상처를 얻었으나
마음은 병들지 않았네

어머니 밥상

아득히 먼 그 옛날
고생하시던 어머니께서 해 질 무렵에 일손 놓으시고
앞치마 두르고 절구통 옆에 서서 쿵더쿵 쿵더쿵
갓 찧은 곡류로 눈 매워 눈물 흘리며 불 지펴 밥 지어놓고
장독대에 숙성된 된장 간장 김치 장아찌로 토닥토닥
도마에 칼질하여 없던 그 시절 무슨 손재주가 그리 많아
우리 자식 입에 맛없을까 봐 어머님 입으로 맛보아 가며
여러 가지 반찬 만들어놓고
애들아 밥 먹자 하시며 밥상 차려 주시던 어머니
오늘따라 왜 이리도 그 밥상이 그리운지
한참 세월이 흐른 뒤에 집 밖으로 나간 밥상 받고 보니
그때 어머니께서 차려주시던 밥상이 절로 생각나네요
언젠가 되어 집 밖에 나간 밥상 찾아와
어머님이 차려 주시던 밥상같이 받아 보나요

그리운 나의 어머니……

오 마이 파파

알로이시오 양아버지
당신의 파란눈은
내 가슴에 못이 되어
수없는 꽃을 걸게 되었소

당신의 우뚝 선 코는
한평생 속에 굽혀야 할 자존심을
세울 수 있었던 한 자루의 칼이었소

당신의 귀는
세상의 모든 아름다운 소리가
결집되어 있어
오늘도 풀어보는 한 권의 책이었소

당신의 입은
내 영혼 속에 말라있는 곳곳에
물이 되었소
그 덕에 숱한 배부름을
세상에 나눌 수가 있었소

당신의 손짓 하나는
내 인생의 이정표요
내 갈팡질팡하는 그 길을 바르게 걸을 수 있었소
당신의 발자취는 장님도 한 발 한 발
마음 놓고 디딜 수가 있을 거요

당신이 남기고 간 업적은
세상 어두운 곳에 등불로 영원하리라

오 마이 파파를 보고

예수님만큼 대단한 것이 아니라 그분의 역할이
예수님 다음으로 대단하심을 말하고 싶다
알로이시오 신부님이 이루신 업적을
다 헤아릴 수는 없지만,
그분의 이국적인 생김은 내 가슴에 꽃으로 남아있다
그 꽃은 시들지 않고 영원히 가슴깊이 남아서 인류가
끝나는 그 날까지 인류를 통하여 그 향이 전해지리라
이국만리에서 자기 자신의 입을 위한 것이 아니라,
만인의 입을 위한 앵벌이를 한 것은
대동강을 메운 것과 같은 일이다
과연 대단한 일이 아니었을까?
천년일까? 이천년일까?
이후 그런 분이 다시 오기를 기다려진다
저 하늘의 별은 수없이 떠 있으나,
이런 분을 두고 별이라고 여겨야 한다
알로이시오 신부님의 업적을
어떻게 짧은 글로 표하리오!

발자취

내가 걸어온 발자취는 지워지나
내 뜻은 전해지리라

못 다한 사랑

여보! 임자.
오늘 임자와 손잡고 얼굴 마주보고 생각해보니
지나온 세월 동안 매일 쳐다보며
우리 얼굴 변하는 줄 몰랐구려!
긴 세월 동안 억척같은 노력으로 행복을 찾아왔건만,
그 행복은 더도 덜도 아니었소
임자의 그 고왔던 머릿결
초가에 눈 앉듯이 희끗하고
맑은 옥수에 달이 비추인 모습같이 고왔던 눈결,
눈꺼풀이 쳐져서 고왔던 눈결 간 곳 없고
그 매끄러운 손, 부드러운 살결은 어디 가고
삼베에 풀 먹인 양 억센 가죽만 남았고,
손마디는 대 마디 인양 바뀌어있구려
이제 보니 임자 모습 내 모습이 참 많이 변했구려
참 고생 많았소!
노부모 공양하며 억센 말끝에도 토 한번 달지 않고
애도 많이 썼소!
참 고맙소!
임자가 이생에 올 때 내가 몰랐고
내가 이생에 올 때 임자를 몰랐었소

내 아닌 다른 이에게 덕의 길이 있었건만
나의 임자가 되어준 것에도 참 고마웠소!
나는 원 없는 임이었기에
우리는 둘도 없는 부부였소
후일 임자가 저생에 갈 때도 어디로 가는지
내가 모를 것이고
내가 저생에 갈 때도 어디로 가는지
임자도 모를 것 같소
그때가 되어서도 후회 없고, 아쉬움 없고,
슬픔 없는 사랑을 주고, 사랑을 받고
사랑이 넘쳐 남는 소중한 부부로 남고 싶소
진정으로 사랑하오, 임자!

해 달 별

이른 아침에 저 해를 바라보며
아버지 얼굴을 떠올린답니다
그 옛날
아버지께서 땀 흘리시며 열심히 일하시는 모습을
우리들에게 가르칠 때, 저 해는 아버지께서
흘리신 땀을 빼앗아갔지요
아버지의 땀을 빼앗아간 저 해는
보고 싶은 아버지의 얼굴 대신하고
나는 땀 묻은 저 해를 바라보며
나도 일터에서 아버지를 닮아 같이 땀 흘리네요
일을 마치고 집으로 돌아와
지친 몸을 이불 밑에 묻어놓고
창밖을 바라보니 영롱한 빛으로 내 얼굴 어루만지며
미소 짓는 저 달빛
그 옛날 어머님께서 창가 달빛에 젖어 앉아
바느질 하시며 내 자식 잘 자라 하시고
내 예쁜 자식이라 하시며 이불 덮어 주시던
온정 많은 어머님
오늘도 저 달빛에 마음 담아 절 바라보시는지요
그 옛날 어머님이 그랬듯이

저도 창가에 비치는 저 달이
어머님 온정같이 느껴집니다
저 반짝이는 별들은 우리 형제가 서로 손가락 가리키며
나별 너별이라고 하였는데
우리 형제들도 저 별들처럼 화목한 모습 배운 것을
이웃사회에 아름다운 별빛이 되렵니다

할미꽃

우리 할매 계실 때
따뜻한 곳 양달만 찾다가
떠날 때는 하얀 머리 하얀 저고리 치마에
굽은 허리 가냘픈 몸매 예쁜 얼굴로 떠났는데
퍼뜩 보면 보이지 않고 자세히 보면 보이는 꽃
양달 편 묏등 가에 피어있네
하얀 털 덮어쓴 모습 할매 모습
하얀 털 두르고 굽은 모습 할매 모습
예쁜 속잎 붉은 모습 할매 입술 꼭 닮았네
정을 두고 못 떠나서 할매 넋 신
할미꽃 되어
양달만 찾아, 찾아 피어난 할미꽃
누구를 기다리나

딸 꽃 아비 병

예뻤던 내 딸 좋았던 내 딸아
너는 꽃이 되면 나는 병이 되마
저 산 아래 꽃들 내 딸 얼굴에 비할쏘냐
저 산 낭게 꾀꼬리 울음소리
내 딸 목소리에 비할쏘냐
딸아! 딸아! 애달픈 내 딸아
너는 꽃씨가 되어 눈물에 불렸다가
아비의 깊은 가슴 꽃병삼아
그 속에 심기거라 목마르면 물 넘겨주마
딸아! 딸아! 그리운 내 딸아
아비의 모습 보이느냐 아비의 소리 들리느냐
천상의 법이 없어 너를 보낼 수가 없구나
천상에 법 있거든 살아생전 너의 모습
아비의 눈앞에 나서거라
꿈속에서라도 생전같이 만나서 원한보따리
풀어놓고 못다 나눈 정 못다 나눈 사랑
원 없이 말하고 원 없이 주고받자
너와 나 만남이 꿈에서 이루어져
잠에서 깨어나도 생생하게 기억되어야
천상의 법을 믿고 너를 보내겠노라

한곡의 염원

노배 그림 속의 한 서린 사연을 두고
그 노랫가락에 흥을 내고 춤을 추다 동상을 안으며
억겁의 세월 속에서 용광로에 녹여
몸짓 한번 하지 못한 돌로 태어나 무슨 연에
내 모습을 닮아 여기에 왔소
내가 살아 있고 몸짓이 있으니
노래하고 듣지 않소
후에라도 나 떠난 뒤 날 찾아와
약병을 잡거든 병 낫게 하고
책을 집거든 좋은 지혜를 주소
내 한은 저 하늘에 풀고
내 마음에 남은 인심이 있다면 저 물에 풀리오

사명

해를 지고 달을 안고
눈물을 타고 흘러 흘러 여기 왔네
나 살아서 약이 되고 나 죽어서 책이 되려
뜻을 담아 동상을 남겼으니
원컨대 모두 물과 같이 한마음 되어
누구든 떠날 땐 꽃을 보며 가시기를……

두 인(二 人)

악(惡)한 사람이 돈을 벌면
지구가 병이 들고
선(善)한 사람이 돈을 벌면
지구가 치유 된다